要歌 要舞 要學狼

阿米

吹鼓吹詩人叢書／10

獻給姊姊

【序】憂鬱與熱誠
——阿米詩印象

鴻鴻

一開始讀阿米的詩，就被其中的不完整所吸引。詩通常是為了填補人生的不完整而生。阿米的不完整一樣強烈地渴望完整，但那不完整的力量，卻讓人留連不去。

為什麼會這樣？

因為阿米表現出來了，不完整正是人生的常態、人生的真相，而又表達得那麼具體、那麼豔麗、那麼迷人。

書名《要歌要舞要學狼》就是最好的代表，正因為沒有，所以說「要」！這種對幸福的渴望，乃是阿米詩作帶給讀者的最大動力。

阿米詩齡很短。我從二〇〇九年開始收到她投寄的詩，從此她變成《衛生紙詩刊＋》最大量刊登的作者。我既渴望、又害怕接到她的詩稿。因為詩中的情感是那麼強烈，讓人很難正視。但是她寫得那麼的美，又讓人無法抗拒。「我想你，想你／像一朵野生的花／發狂、發光」這樣的詩，一天讀一首已要屏息，何況一天往往有好幾首。

《衛生紙詩刊＋》原本定位是一本革命的詩刊，阿米幾乎成了唯一的例外。她寫憂鬱、寫失戀、寫絕望……卻讓人感到溫暖。如非有一顆強壯的心靈在後面支撐，怎可能如此不屈不撓地寫下去。紀德說「憂鬱是消沉後的熱誠」，阿米卻能從無底的憂鬱得到力量，轉化為創作的熱誠。讀阿米一定會心碎，但是不怕，讀完你就比從前更堅強。

阿米是素人。念的不是文學，也不是舞文弄墨的文藝少女。而是存在感失落之後，寫詩來自救的。就像動物能找到荒野的藥草來自療一般。

但阿米又並非素人。她的詩深具底蘊，熟諳遣詞用句的藝術。她的情感泉湧，意象強悍，下筆卻十分節制，取得美妙平衡。她的風格來自生命的深層感受，像「我的眼睛擦過火柴」這樣的句子，是所有詩人畢生夢想能寫出來的，在阿米的詩中，卻如落花般自然，俯拾皆是。

很久之後，我與阿米終於熟識，我發現她對文學的品味既直又準，毫不馬虎，如同對待自己的作品一般。

只要翻開這本詩集的第一首詩，讀讀前兩行：「我走在老骨頭街／撿到一隻黑色鉛筆」，你就知道，阿米是一位值得信賴的作者，是可以伴你一生的荒島詩人，是一個值得你愛、而不怕被欺騙的情人。

目次

輯二 體內幽靈

輯三　登無此路

輯四　暴走世界

輯五　家庭之旅

輯六　要歌要舞要學狼

輯一

再愛樂團

我走在老骨頭街

我走在老骨頭街
撿到一隻黑色鉛筆
垃圾桶上有一隻破碎的兔子玩偶
還有奶香
我像搶劫犯般把它們塞進提袋

我喜歡破碎的污損的
遭遺棄的

鳥兒唱歌說我愛你
誰也無法阻止

即使牠下一秒憂傷地哭啼

我知道你的骨頭
是黑色新鮮的
我曾一摸你的心臟
你也一樣想要我吧

不如我們搗亂彼此的生活
像闖進彼此生活的鳥
在下一個街角分手
各自找個幸福的伴
（可以一起找冰箱的那種）

露出憂傷的笑容
不再寫詩
閃電分手
拍一張照片就好

北投鳥日子

陽光，穿透
日子
亞麻布，白色
一大片落地窗

我在那裡做壽司
寫詩
赤腳畫畫
手長得很巨大

在陽台上唱歌
與西洋歌手戀愛

窩在暗紅色皮沙發讀詩
睡在紅色的床粉紅色的枕頭
抱綠色的大鼻子玩偶

我和孤獨魚玩

漂泊的紅色野馬
想哭的藍色的魚
剛想出來的雪人
和一組馬戲班，有我主持

詩人在月亮上的流行性演唱會
不插電
向陸地每個人微笑

幫便利店早班男孩做新鮮早餐
有大片清脆蔬菜
流蛋黃的蛋
這樣甜美的女孩子過日子

什麼都單純
詩也簡化
人留白

腦筋也笨拙
只剩下汗

我想要這樣子的日常

戀人

戀人永遠在等
一個片刻可以翩翩起舞
可惜門口一無所有

詩集傳閱著：心跳，心跳

我想你，想你
像一朵野生的花
發狂、發光

河畔情歌

一、

接下來，很多車站
畫出鐘，可
你怎能確定
風
自由
乳酪
不恐懼
我能往返你

二、

走不出房門，又進不去
兩室之間，灰濛濛
只點了頭
一切就要散

三、

一顆一顆軟墓穴
油綠綠絲毯
我在：吞吐

四、

兩個兒子
咬去一口口
暗影巨大沉默
交換一雙海上瞳孔
掉下一些蛋黃
啊早起的碎屑
盤子、陽光
窗及低下的臉

五、

老鎮
沒有一台車
安靜
底下有隱耳的雷

六、

冬暖，天亮
金屬不齊全
進入
整天
壞掉一樣

七、

打開禮物
那一天
打開
你
白又藍，真漂亮

八、

兇手！
可是令
我喜悅

九、

凹凹凸凸
我心是飛翔
小小鋼印

十、

沿黃色土牆
陷落，思念
明媚　凸起

十一、

靈
劇烈相認
戰與逃，後來
血雨

眷戀

草原上，養胖自己
奔跑的　奔
跑的　眼睛

撫摸
彼此皮毛：安全、強壯
觸碰彼此的蹄

歡　在　起
愉　一

像你的人

今天在街上
看到一個長得跟你很像的人
看得我入迷

他的側臉有你的樣子
我只能直愣愣盯著人家瞧

彷彿下雨了
彷彿天晴了
時間過了多久不知道
只知道我在路上見了一個

像你的人
一個像你的人
讓我又有想跟著你回家的衝動

傾城之戀

走投無路之後
還是回到你寂寞的城
細數片片殞落的星光
如果知道是我，此刻
你會說什麼？
你全盛時期的愛
每天都有清醒的傷

夜晚寫詩，早上讀詩
這是我們愉快的烹飪

這裡老師和妓女是沒有差別的
旋轉，唱一首走音的歌，都很美好

謝謝你，讓我喜歡你
「我要為你寫一幕奔跑在夏日
掉入冬水裡的戲」有一天繁花又會似錦

「小跳蚤，走開！」這是我的地下室

終於，我也緊擠進來
用詩人的仰角，和你對齊一片星海

我們相遇的瞬間
過去像淤血一樣飛旋出去
我們會狂喜、狂喜！

「我的筆愈來愈短，有奔跑的錯覺」
啊，讓我們安息如上下冊小說
躺在彼此身邊

偷情

你說這吻冰冰涼涼
我說人生不也一樣
要歌要舞要學狼

你推我擠，便做旁敲側擊
為你抓周、為你煮飯
為你算命、為你種花

你腳偷偷晃，我心偷偷蕩
情書寫到一半未傳

心盛開到一半夜正荒涼
你推我擠，便做祕密張望

為你花癡、為你迷障
為你吃齋、為你流刑
情歌亂唱
為你成為一條通俗的狗
命繫一場愛恨茫茫

你說這吻冰冰涼涼
我說人生不也一樣
要歌要舞要學狼

第三者

你的眼結成冰
我恨你。但是
我也愛你

我的男人，我的夜色
閱讀我。我懇求
準備到處跟你一起墮落
閱讀我。我懇求
日落後成為你的蜜

回來，我好冷
風在你的懷中
愛你，也阻止
不住愛你

我將要刺痛你
讓你憤怒
讓你顫抖
讓你的獵槍緊緊追捕
直到我的血味
吸引你

夜

繼續爭吵
繼續相愛

窗簾壞了
太陽傾斜

打他
罵他

進入他

下午

聽著固定周長的旋轉
捲著一圈又一圈金色秒數
隔壁一家人日常所需的衣物漸漸烘乾
我失去了你

十月的車站

那日，陽光璀璨
我的名字在你的唇被唸出

柳橙的你的指尖
有一群鴿子飛起
永不落下的飛翔
在夢與夢的航廈

無人醒著我們當然閉上眼
車站廣闊，我們佔地一個擁抱
玫瑰花園前所未有地亂長

告別時，偷偷把 Bye-bye 改寫
爸爸！

請在十月幫我取一個新名字
請把我縫起來
或者將我放在夢的口袋
讓它鼓起

溫柔但有爪

我曾愛上一隻貓
他會跳上我的肩膀
以為自己是一隻老鷹
用爪子勾破我的皮膚
經常我流著血
害怕他
但是他也會溫柔地
在我腿腹之間繞八字型

我哭的時候
他變成一張毯子承接我的眼淚
我曾愛上一個男人
像我的貓

你的花

經過你的花園
一眼就著迷
那麼多盛開的花
那麼多健康的花

我想成為你的花
想在你面前花枝招展，開到荼靡

自卑乾燥的雙手
我羨慕你的花

喜歡太陽
不會厭世
我的愛是壞的
無法養活一枝花

無論如何都想要

我們喘息又哭泣
笑了又貪婪
不放過你
你一定可以承受我所有的吶喊
所有的醜陋和表演
只有你無論如何都想要

我必定要在你冷漠的眼神之中奪取溫柔的伏筆
這是愛的戰爭。我們都輸得很漂亮。

想愛

我打算愛你
愛你的響尾蛇和像你的小孩
我哪兒也沒去
抵達的時候已經這麼深

好久不見

當你說我一點都沒變時
一張蒼老的臉掉下來
飛鳥啄走一些悲哀的糧
我的眼睛擦過火柴

候鳥

這一夜
接吻了
暴戾是候鳥的甜

吻，一會兒
再見了
溫柔的巢穴

無論如何用力去飛
沉默自世界返回

如秋日珠寶
過季，還是失散了

劇場戀人

只是一首輕快的歌
你踩著韻腳
又打算登上巴黎鐵塔

只是幾場淡藍色的戲
你的眼睛看見他的演技
眼光擦到雪花
你又打算下蛋了

像一隻剛睡醒的鳥
你覺得憂鬱很遠

快樂很近

太陽漂亮，身邊的男人也是

戴帽的你

你的帽子裡，有花朵、塑膠蝴蝶、緞帶、羊毛氈，火車、大象、一座沙漠。我希望你變出我，那一瞬間，我可以光明正大對你笑。

你是一個魔術師，高高的帽子，金黃色在雪地裡發光，蓮藕色在捷運上表演，你可以化腐朽為神奇，讓憂鬱的人抓住雲，讓小孩子忘記吃糖果。

我看見你那閃愛的眼睛，雖然你把我隱形了。我想成為你帽子裡銀白的鳥，讓你站在世界的掌聲中。

若你哭泣，燈光會暗下來，螢光幕上的花朵會離棄
自己的黃。

我愛

但是你不能只有我來愛

不曾擁有你

我沒有抱你
只是看你

我沒有牽你
只是看你

我沒有吻你
只是看你

不曾擁有你

只是看著你
太陽就出來了

最遙遠的一顆星

一個更大、更遠的懷抱
花蓮山崗上成形
火球一般的煉獄
我的心不由自主
想要跟你走
輸了你會給我足夠的溫柔
足夠的睡眠
足夠的詩和音樂

你用璀璨的詩歌擁抱我
讓我回到家鄉那朵白色的雲上

哼著騎士之歌，我馬上要去獵鹿
你已為我準備烈酒，挑選最強壯的男人

回鄉之時，山頂的老松
閃閃發亮，你要給我
最遙遠的那顆星
整夜整夜地抱著我歡唱

我的巴辣情歌

想你
是一個新的圓圈
一轉彎
就碰到你的腳

所以所以
我要在你腳上畫鹿
我要在你心頭起舞
我要寫一首膾炙人口的詩
讓你從此在我的詩裡頭暈

這是你
這是你
這也是你

我先沉船
你馬上溺死
這是愛的黃昏

輯二

體內幽靈

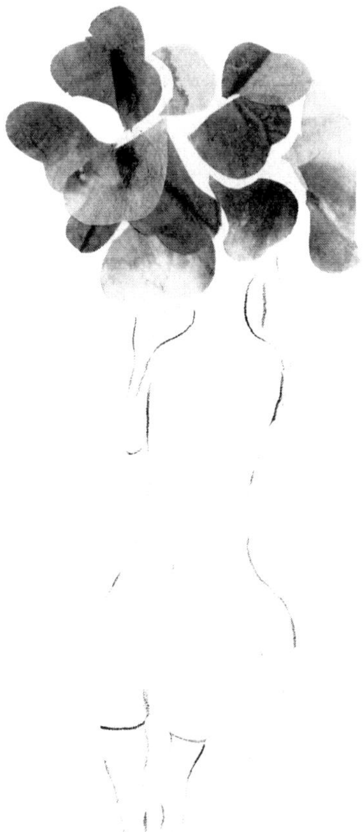

體內長詩的女人和她憂鬱的狗

體內長詩的女人
和她憂鬱的狗

走過一條法式街道
彩色的花都枯萎了
她的男人也枯萎了

一年四季只剩藍色的季節
她等待遠方海洋時
摸摸自己乾燥的孩子
和憂傷的頭髮

遠方有幽靈

後來
聽說遠方有幽靈
入侵我身體

我走得很慢
沿途
沒有風景
只有鄰居像演員

我記得
掌上有一艘帆船
命中要到遠方

遠方
有一個梯子
我將往上爬

那邊有一頂帽子
又紅又大
屬於我，我可以拿起來

相遇之前，靈魂認識你
藍眼睛、紅色血液
喜歡，不敢說
偷偷

你收到我的一幅畫
畫中有幽靈
幽靈爬梯子
默默借你一本老舊的書
小聲說出：「適合晚餐後閱讀。」

幽靈的臉蒼白
需要吃補
常常安靜地吞
早中晚固定好
魔鬼和天使同時發笑

幽靈很虛弱
但在你被吸入時
幽靈心跳出來

天使的腳踝

只是
七點到了，妳必須走

天使，妳離開之後
我一個人在暗夜遊盪

妳來，是不是為了離開？

天使的腳踝，陽光和溫柔
我悲哀，在痛苦的密室
通過妳的美

鎖在廁所，我不出發
馬桶上給妳寫詩
自我毀滅和憂鬱
終究是一部無人點閱的小說

我還在廁所打簡訊詩，世上最孤獨
且平凡的地方。十年後
我將完全變成另一個人

＊此詩獻給陪伴我多年的心理治療師　陳盈君

朗讀憂鬱

痛摩擦痛
漸漸不痛了
黑夜就要來
已經來了

你吊著
你降落
你成魔頭　陽台有一個角落
你紅紅的血　要不要呼救
不要　你躺著

你吊著　你降落
你陰暗又醜　是我的朋友

一點鐘教堂撞鐘一下
兩點兩下　三點三下
整個下午人們在路上走

佛看見我　我看見魔
我的朋友們　飛來飛去
南無阿彌陀佛

一個人

一個人下雨
一個人撐傘
一個人吃飯
一個人走散
無人尋找的佈告欄
寫上自己的名字

一個人算數
一個人不算數
一個人說再見
便消失

一個人落淚
一個人扛行李到車站
一個人面對昨日風景
明天又要來

一個人撕日曆
一個人穿鞋
一個人決定幾點睡覺
一個人愛怎樣就怎樣
自由地發瘋

精神病患

菸草捲在手上
關燈！
聽艾略特唱歌

住一間小房醒來慌張
哭泣
你說你會吻我，救我
後來你也離開

我的雙手發抖，眼神膽怯
塌陷的床，連夢境都抵達不了

我丟掉了藥
幻象再度爬上我的腦
異常。想要回到美麗家鄉

沒有適合的衣服可以舞蹈
每一朵雲都在窗口垂淚
你說你會吻我，救我
後來你也離開

傾斜的精神陰陰暗暗
一下午小雨足以出不了門

心理諮商

你拉來一把長椅
說：坐下

此刻世界很乖、很安靜
只有花懷孕
和一隻年邁的長毛象
問我末日的地址

你說：說說自己的故事

恍惚間，你的腳踝
在下午的陽光下
閃耀……
室內有一隻迷途的紫斑蝶

你要我把未看完的小說
翻頁，必須要向前

下一頁是我們
約好的預言
我們都將往那結局歿入

此刻世界很乖、很安靜
你是仁慈的神，我是毀滅的天使

你想解救我
卻發現更適合一起下沉

但是，你不夠瘋狂

中途，你想到一些現實的問題
健康的妻子，三餐均勻過日子
於是你加重藥量，預約下一次

療癒

沉入浴缸，水又濕又暖和
洗滌日子，我曾是頭貓
後來全部變成病態灰

景象緩緩沉靜腐朽
長眠而不覺痛，不遠處是穴

無痛我冬眠了
分秒不再落下
沒有筆，也沒有墮落的手

如何療癒，鐘踏過我的問題
很容易
待在父親盒子裡，打扮得體
並讓日子規律

遺棄

潮濕的屋子，用藍色蠟筆畫
故障的燈泡，用黃色蠟筆畫
門口流出一條小河，邊哭邊跑，用藍色蠟筆畫

我畫家人，用黑色蠟筆畫
在他們臉上打勾勾，用紅色蠟筆畫
我錯了
身上長出一個紫色的叉叉
我一錯再錯
身上長滿紫色的叉叉

小狗的眼睛，用藍色的蠟筆畫
陽台枯萎的植物，用黑色蠟筆畫
日曆和鐘，用土黃色蠟筆畫
空無一物的冰箱，用粉紅色蠟筆畫

沒有人跟我說 all right

現在我打碎了你的心
現在我哭了在漫漫長夜
我知道車子不會停下來
上帝不會來了
我把一切搞糟了
沒有人跟我說 all right
沒有人跟我說 all right
沒有人跟我說 all right

坐下來我如此困惑
我是怪物不是小孩

我是惡魔不是小孩
我是女生不是小孩
沒有人跟我說 all right
沒有人跟我說 all right
沒有人跟我說 all right

現在我打碎了你的心
我完蛋了
你不會來了
我在夜晚醒來，哭了哭了哭了
上帝不會來了
你不來了你不來了
我卻醒來

花的命運

我們回來時
二十一世紀已經過去了
我的花朵兒，怕老不怕病
明年是美給花朵的禮物

不再開，我也願意和妳
一片荒涼
再開，我也願傾盆大雨

黑暗

黑暗
黑暗
妳以為有底部

花在那上頭
拿還是不拿

受傷的馬

傷痕累累的小馬
跌落到谷底
所謂谷底有這麼深
更深還有
更黑暗
這一層還有
下一層
摔不完地陷落

小馬天生喜愛奔跑
傷口慢慢結痂（是時間）

有一天牠能動了
用盡極醜陋的姿勢向上攀爬
孤獨地返回地面

清清喉嚨
牠唱了一首奇怪的歌

突然醒悟
再也不可能像過去
風中奔馳
卻可以漫步欣賞
過去忽略的風景

墳墓生活

時間又時間一次
出入肉色
白色的雪降下
落在我的臉上腿上乳上

因為太多安靜
我意識到自己可能已經死掉
那些細微的腳步聲與耳語

時間又時間一次
亡靈拿著花束尖叫

前來祈禱的人
泛出金黃色的光芒

時間又時間一次
你在打獵
我在烤雞蛋糕
墳墓的窗戶打開
需要通風

你拿走我的鞋
給我一杯溫開水
我在地底下翻土
如一隻勤勞的蚯蚓
還是不能好睡

請燒一個鬧鐘給我
還有 sleepman

注：sleepman 為安眠藥名

憂鬱象群

對——兜售她的嘴角
只露出一只
牙齒微笑
牙齒虛弱地拖曳
象象象象，天
天咆哮
牙——齒——痛

長廊上的母親

一抹幽魂在長廊上
小聲呼吸
她的雙眼無神
足不出戶
她是兒子的母親
她是先生的妻子
她是母親的女兒
二十年來，她憂傷的臉是全家的黑洞

別人眼中精神異常的女子，倚著長廊
太陽閃耀，她害怕刺眼的光

她的影子在長廊下拖得長長
她白色的裙子、藍色的襯衫
她如鬼魅般白皙的肌膚

她的兒子喊她：「媽媽、媽媽」
她只是低著頭，什麼也不想
轉身躲進長廊的深處

「有神嗎？誰來接走我。」
在她的長廊，死神也帶不走她

她悶悶地活
只要在長廊，她便感到安全
無聲無息地早起、開窗

日落、關窗
紗門的聲音和日頭走動的聲音，輕輕地
摧毀一個家

而她的髮不知春夏秋冬，野蠻地生長

遊街

每個精神病患掏出自己的藥
「原來你也生病了！」

病著工作
病著走路
病著死亡
病著戀愛

病著繞公園
病著去泡湯

病著去爬山
病著去游泳

病著寫一首押韻的歌
主題是積極樂觀的人生

大家都有一張病歷表
我們帶著各種精神病到大街遊行
而且四處走散

抛棄與我們相像的神經質的孩子
等待社工認領

病不可以說，病是會傳染的
像家裡一面神祕的牆
鎖住叔叔
這樣一來這個家就正常了

不祥之戀

因為你裡面有憂傷
所以我們忍不住
相互撫摸

我們都漂亮
垂敗
像不祥的獸
有柔軟的皮毛
和不幸的眼睛

後來

我們都選擇枯萎
（天生的）
兩個憂傷的靈
坐在精神科門口
分手

等待明天的太陽
邊割，一把發光刀片

垃圾魚

我不敢說
不敢說出來
「愛」這個盈滿幸福的字

我抑鬱太久
不信自己能開出花
（好多人都是這樣）

我像一隻垃圾魚
慢慢吃掉自己的骨頭和皮
幽暗密室我們已懂得太多

給我更好的
更好的創作
但是它們不在這邊

「愛」和「快樂」
聽起來好危險
但是我要！但是我要！但是我要！
（這種好東西會屬於我嗎？）

鬧鐘準時響起
我迅速塗抹掉一幅沒有靈魂的畫

不及格的母親

寶貝去當天使了
可是他流那麼多血
怎麼可能愛我

我害怕他變成抓傷我的貓咪或者
得了憂鬱症的狗

我唯一能做的事
便是為他畫一幅畫
畫中的他
比我有力量

我曾聽過他歌唱
在每一個孩子
睡著的時候
我拿出一把刀
逼近他們

我將是一個不及格的母親

渴

尋找絕望但微弱發光的靈
相約躲進黑布裡
漆黑之中
你把你的腿張開
露出了洞

我們都想過結束生命
同時渴望一切好轉

空白
——淺談藝術治療

我有一張紙
目前是空白的
我要在上面奔跑
像一個失去家的女孩用手指戳破紙面
流下淚來
要像野獸一樣用四隻腳作畫
要走到絕望
要決定繼續活下去
不但要活著
還要用心畫一朵花
不怕太陽

輯三
登無此路

雪人

一、

雪人
我要為你畫畫
因你是冷的象徵
我是小孩

二、

雪女

她的目光
薄之又薄
坐一座聖女山
查星星的靈魂一直比人類短

三、

我整夜咆哮我的愛
用雪國的律
溶解一部分暗

我生自冬天
也帶冬天離開

四、

雪人戀愛
綠草
歡呼
太陽臉又更紅了

五、

靈魂，走出來了
那兩隻歡騰小獸

落下冬季第一滴淚
說夢話：雪會停
我們會有地方休息

六、

雪人面對太陽大聲朗讀

jaywalk

你站立
哭了一個世紀

你養的花
都不幸

你的創作鬼見愁
你說你想死，也真的去做

隔天又無辜地活過來
陸續寫幾首詩
醜死了

愛曾經亮過

日子亮了
為何我感覺
睏

睡在戀人的草原
充滿陰影

無人回來的空房間
月亮還在趕路

你回來的姿態
還是一樣
第十一封信
沉默

閱讀者的河流

怕看見的地方
有如一條河流
穿越我的眼睛

我寫完你的那天
一切沒有結束

我成為你的讀者
你最信任的演員

你如同我的孩子
我如同你的孩子

在我的子宮裡
兩個女人懷孕
一顆潮紅色的卵

你只是熟練地走位
於一暗燈所

讓我在河之底蔓延　並且引用你
這些重寫的缺損的
在我裡面四處暈開

我且再站在熟悉的場景
整理衣著，不明白風吹
一次。我們又已入戲

並信句句為真理

虛／實

故事還沒寫完
角色一個一個逃離人生現場
剩下作者和未完成一〇九號房

一〇九號房是一間病房
一間牢房，一個劇場、菌室
或巴黎一間陳設有林布蘭畫作的展覽室
一間脫光了不害羞的畫室

灰暗的密室曾佈滿創造的光輝
都是夢呀
如今人去樓空

她說：再見，十年之後我將成為偉大的女演員

作者在故事裡走不出來
暗夜兜圈子，三餐灰色散步
而世界堅固地挺進，時間不留餘地

她成為自己筆下自毀的人物
一座尚未完成即遭毀棄的少女石膏
一張被偷拿走一顆蘋果的靜物畫

終究打包離開現實人生
如一支毫不留情的隊伍
往既定的故事結局歿入

她說：如果沒有這麼多愛，我便不感到孤獨

圖形夢

我想去那
什麼都有
有年輕顏色
有金黃薄土
和坐在湖邊
深深哭泣
的男孩

太多

連續四年缺席
太陽每天一直到來

光中的詩人
真的一直站在太陽下嗎

馬尾女孩在一旁跳繩
草地捲起了毛球

最後一個學生請病假
在家悶著打噴嚏

還不知道
他快要死了否則就大哭

那一幅畫
畫完了
或者還沒有

手很容易又弄髒了

退信

睡醒
發現寄出去的信
退回原寄局

你不理我
之後
登無此路

那一件黑色
黑色的大衣
轉為楓紅

錄音給語音信箱
任海浪拍打
縫住

到一半的情書
沒有繼續
也沒有放棄
又好像已經完成

我以為

我以為火會一直燃燒
我以為工匠會一直敲打石塊
我以為火車一直想奔向遠方
我以為海潮音會不斷地不斷地
越過岩石
對我示愛

而你已不願再來

七彩小鸚鵡

七彩小鸚鵡
停在我的小學生黃帽子上

我從沒想過他會死
因為他有翅膀
我伸高手也抓不到

那年冬天他僵硬了
是四點
四點光線昏黃
使人憂傷

他是我的第一隻寵物
我深深感覺他對我的喜愛
他聽從我的呼喚
飛向下課後的我

我用衛生紙替他
製造一個小棺材
挖了幾湯匙深
埋他
靠近樹
我常去和他說話

樹後來成為水泥停車場
我也漸漸長大
揮動自己的翅膀
卻再也不飛了

寫給不完整

只長一邊翅膀的天使
開始人間旅行

缺損
少了一塊
卻是真正善良的

體內長花長草原
頭上開出花樹

只有一邊翅膀的天使
不能飛
但是他們長腳
長笑容

他們無知地愛著
那些遠去的身影

那些遠去的身影
如橙色渲開

他們的存在
如同髒掉的洋娃娃
缺水的筆

他們的傻笑
像七月的陽光

黑色詩

黑色是路邊小狗不小心被看到的眼淚
黑色是春天末端被摘走的一朵小黃花
黑色是睡眠中的張雨生
黑色是你路過我時天上飄著一朵白雲

黑色是臭酸的衣服
灼熱的太陽
黑色是我指間的一根菸

黑色是一隻老鼠有一雙茫然的眼睛
黑色是詩人寫詩時發呆的片刻
黑色是我在喪禮中放開的紅色氣球

黑色是彩虹的疲倦和孤鳥想家的時候
黑色是你一直談到美的永恆

黑色是黑色

當一切光消失的時候
黑色是蘋果不再被咬一口

黑色是你不要的黃色雨衣
和我那遠去的母親

黑色是我不再打電話給你

黑色是蛇尖銳的牙
黑色是光
黑色是苦的
黑色是人生播放的片段

海上琴房

這是一位藝術家的住所
我就住在其中

每天送出沒有回函的信件
每一句開頭
親愛的

這裡也沒有住址

走進去房子
便出不來了
一切景色已經扭曲形變

因暴力節制所生的溫柔
產生了
因谷底的浸泡
而狂喜了

我在創作呼吸
腦與手的去向
不明

海上琴音
一波未平一波又起
那是人類不可抗拒的美的崗哨

看到不一樣的星球
用古老的字典定義
給他們花園
告訴他們有河流可以合理地哭泣

我住在那裡
我是一個狂熱的藝術家
即使我沒有畫展也沒有詩集

寫給抽象畫家的一封信

沒有感覺便不寫詩了
閃電不是玫瑰
他拔下頭
畫畫去

海浪不是太陽的長子
土地也不會哭鬧
晚子時大地裂開肚皮

新畫的油畫主題是畢業化妝舞會
再怎麼畫都是初戀女孩模糊的臉
小丑復活，但是畫家沒給他眼睛

那很好，一切像似平靜的紫葡萄串
不再打扮成重傷的驢子或怪物
你不給我五官
不叫我的名字
只畫骯髒的床和一百個洞

我坐到椅子上
你為我畫了一幅肖像
乾淨，溪流洗過一樣白嫩

我死了

而你一無所知

四十二號B座男子

他是你的鄰居
國中同學
幫你買過巧克力麵包
替你餵貓
跟你打招呼會搖手的四十二號B座男子

暗戀過你
寫過一打十四行情詩
請你喝烏梅汁時會臉紅的那個四十二號B座男子

他是其貌不揚的奇男子
有三十二雙球鞋
做網路拍賣的生意
交過一個生物老師女友的
那個四十二號B座男子

他練琴時經常停在同一段
換季就會過敏感冒
很愛煮飯
時常很安靜走過你家門口

他墜樓時
是誰？

等待

面對一面牆
一把椅子
一首長詩
光，妳無須等

撿東西

我養成一個壞習慣
撿

撿別人不要的
短短
斷掉
筆

撿車站裡、戲院門口
使用過的票根
有來去日期、地點、座位，人群踩過的鞋印

冬天我也撿手套
男人的黑色皮手套
小孩子的花毛線手套
只撿右手

我也撿廣告紙
也撿瓶蓋
糖果紙

運氣好的我
曾經撿到一封信
而且我回信

流浪漢彎下腰
地上有另一個世界

我把撿到的東西
收進一個鐵製大紅色圓桶
再打開的時候
它們變成三十頭象
祝我生日快樂

最後的田園詩

一直走，一直走
道路不會變地圖
你是地標：
一棵生長在田園的大樹
而且從不曾任性離開
望著你走，就找得到活路

我想待一個下午
陽光洗我
葉子愛我
鳥凝視我

失業的民眾到捷運上遊行，一路吶喊到淡水有河book
失眠的小孩想到接龍的下一句，人人得到聖誕節禮物
幽靈找到自己的腳指頭，快活極了
詩人鋸掉最後一行詩，字變成蟒蛇竄走
農夫談了一場無悔的戀愛，縱使雨沒有落在對的季節
一直想畫花的女子開始畫樹，從無人理會的傍晚掙脫
每個人都學會告白，像我對你
即使無望

即使小小聲
即使真的晚了該去睡了
我們還是穿越無羊唱歌的草皮
繼續亂愛一通

到你的街頭遊行

我的街頭是一條熱鬧髒亂的巷
賣爆米花的男孩決定去上班
賣飲料的男孩當兵回來了
賣粥的先生成天看政治節目
賣玉米的先生總是一個人安靜地抽煙
賣早餐的婆婆說她的先生外遇她很寂寞

我常坐在巷口喝飲料抽菸
賣飲料的小姐要我不要心事那麼多

我常在那邊想到你的大馬路
和我眼前這條小巷子

你的街頭是刺激的廣場
如果我和你一起去示威抗議
我一定忘記每次遊行的主題
只能看見你正直澎湃的表情

也許你一回家就寫下一首街頭運動的詩
不是情詩，但可以讓我在枕頭上遊行

無用詩

之一

無用的詩
在星星自殺的瞬間
掉進伊的裙

炸開了
金幣銀幣般的秋

之二

靜靜躺在它的手
它的腳
把我圍起來
像一捲蓬鬆的綠葉
我就變成了一只睡著的蟬

之三

她變成一棵樹
有一個小孩子爬上她的手臂
像猴子一樣地摸她

聽詩的時候我睡著了

你的音樂是一場不垢不淨的雨

我忘記銀行密碼
我忘記三餐吃藥
我甚至忘記翻譯和默書

整天的光輝都慢動作
只有自由的黑狗
捲著尾巴

捲著陽光
捲走所有的字母

*詩題出自鴻鴻

拔河

我和妳終將對立

妳住妳的豪宅
我租我的三米六
油門催下去

妳飛到北歐唱情歌
我站在溼地咆哮社會議題

妳的房子一間一間買
男人一個也不換

我終將會長大
不再是巨人的影子

我要打鼓
油門催下去
讓你聽見
世界也為我喝采

但我終究是輸給妳的風采
讓我們分道揚鑣
各自買單

妳去妳的
詩歌班

我去我媽的
合唱團
誰的青菜歸誰管
我的田地不要妳來

我要出頭天
妳把我壓落地
鴿子飛舞
禿鷹來
一走一走我走向背叛

油門催下去
這是女人的賽車場
妳開妳的賓士

輯四
暴走世界

新旅行

再次打包行李
這次打算連你也放棄
護照帶好
新穎的藥丸收拾好
用最輕盈的韻腳
遠走
讓我迷途
一去不回

像播放公路電影
一站一站過了目的地
忘了自己只記得遠

想好新名字
向過路旅人問好
「早晨好」

疲倦了
就睡
異鄉的硬床

窮途潦倒
膽子大
在牆上塗鴉
聲稱我是異國

跳上火車的詩人
孤獨
而且沒有祖國

失物，無人認領

你說你的手到哪裡
沒有人認領
你說你的眼到哪裡
沒有人認領
你說你的心到哪裡
沒有人認領
沒有人認領的失物
無人認領

不外乎幾件最老舊的毛衣
母親遺留的珠寶
床頭的童年
一台相機裝二、三十人
筆記型電腦，三萬出頭

一隻貓、一張床、一封信
一本等待被指正的教科書
一個不肯回家的我

通通沒有人認領

這個車站是失物

我的行李無人認領（即將摧毀）

如果沒有下一班車

走在街頭
走空
什麼也沒有
這城市無法飛起來

有腳
有路
卻哪裡也到不了
只有飢渴在腳底燃燒

過中國年
我在華人街說
I need some poems
好像嗑藥的華人女子
英文書店老闆指出新華書店
燈已暗

瓜子的殼
需要剝
葉子會傾斜
我在學習滴落

「你確定你知道回家的路」
「確定」主廚說

凌晨售票的黑人問我
如果沒有下一班車
該怎麼辦

可以等待候補
我說

暴走世界

我的一舉一動都被「恐怖分子」監視了
只能在飯店周圍走動
到處都是 No Exit

在飯店走廊赤腳狂奔
為了買一包煙

我偷走飯店走廊的顧客名單
那裡有一間房間，裡面有你

把玻璃杯丟向吧檯
「放了人質吧！」
這不是搞笑節目

美國軍火商問我怎麼了
他要用飛機把我載走
留下他的房間號碼
七點以前等我的消息

英國警方來了
調查員來了
圍坐在我的床的周遭
一直要我穿鞋子

態度從強硬到軟化
其中一個家鄉在 Glasgow
高大的黑人警察也放低身段
他們決定用警車送我到機場

我在飯店牆上寫社會詩
女警問我那是什麼意思

我還是沒有上飛機

繼續住飯店
流浪
在無人注意的樓梯口、停車場唱黑人歌曲

有一名黎巴嫩男子在路邊撿到我
他是送報生，負責倫敦三分之一範圍的早報發送
我坐在他的車內像一隻緊張的貓
他請我抽煙、喝黃色飲料
並且要我隨意地把煙灰抖在車內地上
他教我「lover」是一個把舌頭放軟的詞
他說：「你要生小孩就要把錢放在銀行。」
倫敦！倫敦！夜晚像旋轉木馬
我一腳踩在倫敦人的早報上

姊姊透過信用卡追蹤到我的飯店
已經到了香港，我卻不走
我在等戀人被釋放
我相信他會找到我

後來，我在機場睡一晚
沒港幣零錢喝水吃飯
有一個澳洲僑生請我吃豚骨拉麵、喝水
幫我打電話給姊姊
終於把機票事搞定

我回家後變成廣播節目主持人
繼續瘋狂

致小鎮 Larkhall, Bath

我在英國倫敦飯店牆上用英文寫詩，他們經理買單：

山崗頂端住的是富有人
他們有最美的景觀，視野和教堂一樣高
山腰住的是老人
他們有一點財富和閒時，冬季傳出最多死訊
山腳下住得是年輕的運動員
他們有發皺、待熨燙的衣服，也有臉紅的姑娘

站在敵人對面

年輕時
我曾經死過
為正義而出征

同袍說幹得好
邊清洗血，邊說明
一切都會好轉

想到敵人的女兒
難免有一點傷感

夜晚習慣靠坐門板
砍不完
閃爍進屋的星光

新娘站在後方
父親的眼睛只看得見黑暗

即使崩潰也不受傷
我值得從天堂拿到一個獎

緊湊一張地圖

佔地最小的屍體
從電視運出來
供人們指認

沿地圖虛線
火的顏料輸送
最短一支彩筆

返鄉的！守不住
皺巴巴群起的時光

英格蘭下雨天

我們祕密約會

長長的散步，英格蘭下雨天
綠色的筆，綠色的雨
我是你風衣口袋裡的一支筆

頑皮眼珠，威爾斯
足球迷，巴斯街道圖
屋子紅地毯
樓梯可以到任何地方

我也是一張布沙發，坐在那
面對對面風景
院子裡有一隻小狗，從來不叫

早安序曲，重複的鳥啼
我是你昨夜撕下一張日曆

在你的皮鞋上，成為
天氣，彎進小巷
天邊的牧場閃著春陽

一張沙灘照

熱
佈滿光的刮痕，將晴天
緊緊挾在腋下
星期三慢慢腐蝕了
我的胞弟，畢竟是愛過
以自己的腳夢寐各種聲音
見不到，卻轉得開
（同樣小而大）
海嘯。

約翰藍儂

憂傷的清晨
微冷的昨夜
約翰藍儂，我寫一首歌給你
像一首永恆的情歌
心甜甜改寫
天光起伏
我的手，冷冷的
虹霓，女郎，裸足——
你的妻子是否象徵永恆

聯合國在空中播放

一、

誰可以發芽
沉寂已久的綠豆
轟動起來

二、

蹲在城市的角落
而聽懂自由爵士

三、

聯合國在空中播放
玻璃杯碎掉的聲音

四、

凌晨五點
我在寫詩
鄰居在刀剁

五、

兩小姊妹
透明雨衣撐花傘
雨中旋轉
帶來
倫敦交響樂團
的命運

六、

關心姊姊一對小狗的日常生活
彷彿聽到你的消息

七、

金魚在泳池中
我不敢張口
深怕吞沒牠

八、

潛到水中撿象棋
發現一隻象腿壓住另一隻
象

九、

你離開遊戲之後
我還在進攻

十、

從五十人裡撤退
從二十人裡撤退
從五人裡撤退
從二人裡撤退
從一人裡撤退

十一、

等待全部的淚水烘乾
可以開始寫幸福的詩

這世界

一、

不動，淚珠殼
一胖一瘦
默丑畢費轉金剛經
一、兩、三、四
千萬個佛
我一撞鐘
愈小愈小

二、

我焚燒世紀預言
在浴缸內試圖把自己洗得很乾淨
還把你給予的藍色眼淚撕開
塗抹在自己的眼窩

三、

孩子們，那兒童
　　黑
淚水一直滴下

素描

至今我仍能看到那幅畫：

白膚色男人站在中央，張開雙臂，穿著白袍，流下
藍色眼淚
咖啡色男人站在左邊，乾癟、充滿皺紋，像個老
頭，又像個小孩，眼睛流出石油
右邊站著一位女士，她側身過去，低頭、掩面，不
敢看

脫下戲服，死過的驚醒，一起午茶

美國人吊死海珊
他的舌頭好長好長，對世界作了一個永恆的鬼臉
世界各國的小孩睜眼就能見鬼
被迫選擇槍桿子或者夢露女郎
但是小孩子會長大，這幅畫慢慢消失，變成一則三十秒的新聞片段

日本婦人

——記日本東北大海嘯

我猜你還在
我猜你不在了

電話
無人回應

我只能繼續烤蛋糕
每個都烤焦了
難道這是種預兆

老行李

一件行李，看起來那麼老
我曾想像誰擁有它
找到自己的家

土耳其男孩

一隻紙鶴
世界上最輕的鳥
土耳其飛來　越過海和海
所有陌生的海洋
我在上面點一顆淚
阿詹說，他要當船
因為海洋

五月的巴黎

五月的巴黎　最美麗
你有你的壞脾氣　我有我的好心情
拿起行李一個人去旅行

啦啦啦　忘記台北在下雨
啦啦啦　刪除你的壞簡訊

五月的巴黎　迷路也不在意
五月的巴黎　全世界都想去

我們都愛閻未未

——致鴻鴻

從他的眼睛
我們看到一條路
從他的眼睛
我們全部變成小星星

閻未未是一棵大樹
閻未未是我們的男朋友

閻未未的戀情總是失敗
所以情詩寫得好

闇未未喜歡搞革命
只要能上街頭他就歡喜

闇未未反對國光石化
闇未未抗議艾未未被逮捕
闇未未聲援圖博流浪藝術家

闇未未啊闇未未
我們喜歡你
這年頭只剩闇未未
相信革命
所以啊
闇未未

闇未未

闇未未……

註：鴻鴻說艾未未被釋放前，將以闇未未為名發表詩作，以示抗議。

輯五 家庭之旅

母親

髮，灰白
女工
織一頂毛帽及腰
想來是打起瞌睡了

我的毛帽，溫暖我的心
爐火中央
睡不著，戴著自己

街景
有我和我的毛帽

五樓

之一

我最後一個走
留下空冰箱和一堆廢物

空冰箱冷藏繩子和血
母親變成一碗草莓冰

永遠不停的鐘擺
永遠升起的太陽
憂鬱而溫暖的床

我要離開
但是又彈了回來
吃草莓冰

五樓的陽台整天瀰漫血的味道
我的母親冰冷而甜

之二

爸爸，不要留下我
媽媽，不要留下我
哥哥，不要留下我
姊姊，不要留下我

你們看我
玩布娃娃

佛祖不在
佛珠在轉

我不能睡
我不能睡
只能著色

耳鳴

黑色膠捲
雪一般的耳朵
我在我摀住耳朵的房裏
整夜機警

兩個孩子
壞了牙
早晨作早夢

媽媽煮飯
阿爸竈子裡悶好
全家開動

哥哥，何時你要回來？

哥哥，何時你要回來
當年看海，我正憂鬱，海水藍藍
破報紙一起坐在沙灘上
你拉著你的老皮箱
喀拉喀拉
紅紅太陽下
一句話沒講

沙喑那啦！一晃眼你娶妻
有了自己的黑膠唱片行

沙唷那啦唷！哥哥！
菜已經泛黃，你已有了自己的八月小孩

你養的九隻貓仔是否善良
你的飲酒是否仍然過量
沙唷那啦！我的詩一首一首寫下去
都不如那年墾丁的海浪漂亮

教堂婚禮

安靜玫瑰
悄悄綻放
光照所有線索
巨石下，日頭不偏不倚

花鳥鳴唱
少女捧花，坐上影子

河上壯麗規則地放行
一波一波
湧入
那位遲來的父親

硯

墨條來了，要磨
少年粗魯，老大慢
消耗如吞
擦去光陰薄薄
一寸揮毫一寸心
吋吋光來寸寸醒

寂寞丘陵

——悼母

一、

黑黑的運轉很多年
紋路刻得深
唱片旋轉一生
飛出漂亮的天空
從此光線失去天

二、

燉雞
燉雞的骨頭
胸脯
和肉
滑溜溜黑色軟皮
心肝　或者
丁點留在鍋底的血
米酒和素雞——水——
我兒素靜桌前

三、

啞了這麼多年
任何情緒進來
只好滿足
緩慢一切事物正在膨脹
偎著一件喜悅的衣裳
摩擦痛楚

四、

寂寞丘陵
你為什麼苦
是不是因為敵人來襲

寂寞丘陵
烤太陽
飛砂無法使你窒息
黑和冷是連體嬰
訴說愛裡充滿恐懼

寂寞丘陵
依舊練習孩子無辜的眼睛
閃爍著愛的本能和被愛的渴望
朗朗笑聲
圍繞在寂寞的丘陵

五、

年有多長呢
妳沉重的眼皮
把大地踢成一條棉被
忽睡忽醒
睜眼看我睡得香甜

六、

食草草而聞草香
胃囊垂下厚重時光
而遠眺
舉目
全裂了
田埂綠得像鑽石
閃耀十月
潑撒牛身
睏了　一隻牛
邊吃邊走　邊走邊哭
叫不出來

七、

畫著畫著
停了
鉛筆裡走出一條細直線
四周風景目不暇給

母親的臉

終於你們都長得
比我高
比我壯
比我強

我萎縮成一個母親

中輟生

家庭訪問最後一晚
暴力
毫無表情一直兜轉
疾行、剉斷，寶藍色身體
不行不可係我不願意

準時誰允我
潦草　混亂　字醜
趕路　遲到
再多說一句

紅色念珠

之一

我們的爭吵還沒有結束
妳怎麼能死去
妳可得意
妳愛頂嘴的孩子
生命從此安靜

之二

妳的告別式，大排長龍
妳的一生成功
只有我惦記著妳的壞
妳欠我的愛
蓋棺之後，我苦苦追討

爸爸打開一封信

已經沒有別人了
他們都已轉身

讓我愛你吧
你還記得如何愛吧

剖開
二十年
流出一對陌生的父女
面對面這一杯熱茶

老家堆滿玩偶
拖鞋悶悶地響
日曆一張一張過期

我從遠方回來
一杯熱茶
又一年
已經不是二十五歲

你出生在

——寫給姪女許育瑄

你出生在
風的微笑
老虎的微笑
芒果的微笑

一陣痛來
你出生在
父親與母親的淚花
歡愉的愛
那時你渾身清潔，沒有傷
你的嗝和屁都是美妙歌劇

你出生在
爸爸溫柔的搖擺
媽媽是一首輕快的 Jazz 樂 Happy wife
你改寫
爸爸深藏在雨林中的暗夜哭聲

你是一把梯子
一扇門
一張船票
你比鑽石亮
比法國吻深
比窗戶更值得想像

輯六
要歌要舞要學狼

寫不出詩的詩人

寫一行詩
用橡皮擦擦掉一行
反覆如強迫症

我已經出生
而且髒髒的
擦不掉
只好每天洗澡

我的左眼四季下雨
右眼卻很健康

詩人的手
——致潘家欣

詩人的手
長了一叢一叢的青草

別怕
我在你手掌拔草
有一點痛
流一點血

哭什麼呢？
拔完草
我們又可以寫了

第一本詩集編完後

魔法結束
詩句掉了下來
像毛毛蟲摔死一樣
我肥
我光溜溜
罰站在群眾中央
一大片落紅
小狗來舔
爸爸羞紅了臉

語言文學類　PG0586　吹鼓吹詩人叢書10

要歌要舞要學狼

作　　者 / 阿　米
主　　編 / 蘇紹連
責任編輯 / 黃姣潔
圖文排版 / 賴英珍
封面設計 / 潘家欣

發 行 人 / 宋政坤
法律顧問 / 毛國樑　律師
出版發行 / 秀威資訊科技股份有限公司
114台北市內湖區瑞光路76巷65號1樓
電話：+886-2-2796-3638　傳真：+886-2-2796-1377
http://www.showwe.com.tw
劃撥帳號 / 19563868　戶名：秀威資訊科技股份有限公司
讀者服務信箱：service@showwe.com.tw
展售門市 / 國家書店（松江門市）
104台北市中山區松江路209號1樓
電話：+886-2-2518-0207　傳真：+886-2-2518-0778
網路訂購 / 秀威網路書店：http://www.bodbooks.com.tw
國家網路書店：http://www.govbooks.com.tw

2011年6月BOD一版
定價：290元

國家圖書館出版品預行編目

要歌要舞要學狼 / 阿米著. -- 一版. -- 臺北市 :
秀威資訊科技, 2011.06
面； 公分. -- (語言文學類 ; PG0586)
(吹鼓吹詩人叢書 ; 10)
BOD版
ISBN 978-986-221-780-1(平裝)

851.486 100010767

讀者回函卡

感謝您購買本書，為提升服務品質，請填妥以下資料，將讀者回函卡直接寄回或傳真本公司，收到您的寶貴意見後，我們會收藏記錄及檢討，謝謝！
如您需要了解本公司最新出版書目、購書優惠或企劃活動，歡迎您上網查詢或下載相關資料：http:// www.showwe.com.tw

您購買的書名：______________________________

出生日期：________年________月________日

學歷：□高中（含）以下　□大專　□研究所（含）以上

職業：□製造業　□金融業　□資訊業　□軍警　□傳播業　□自由業
　　　□服務業　□公務員　□教職　□學生　□家管　□其它_____

購書地點：□網路書店　□實體書店　□書展　□郵購　□贈閱　□其他

您從何得知本書的消息？
□網路書店　□實體書店　□網路搜尋　□電子報　□書訊　□雜誌
□傳播媒體　□親友推薦　□網站推薦　□部落格　□其他_________

您對本書的評價：（請填代號　1.非常滿意　2.滿意　3.尚可　4.再改進）
封面設計____　版面編排____　內容____　文／譯筆____　價格____

讀完書後您覺得：
□很有收穫　□有收穫　□收穫不多　□沒收穫

對我們的建議：______________________________

____

____

____

請貼
郵票

11466
台北市內湖區瑞光路 76 巷 65 號 1 樓

秀威資訊科技股份有限公司 收

BOD 數位出版事業部

....

（請沿線對折寄回，謝謝！）

姓　　名：＿＿＿＿＿＿＿＿　年齡：＿＿＿＿　性別：□女　□男

郵遞區號：□□□□□

地　　址：＿＿＿＿＿＿＿＿＿＿＿＿＿＿＿＿

聯絡電話：(日)＿＿＿＿＿＿＿＿　(夜)＿＿＿＿＿＿＿＿

E-mail：＿＿＿＿＿＿＿＿＿＿＿＿＿＿＿＿